NDV Edizioni

dell'editore.

Pierferrè

LA LIBRERIA DELLE RISPOSTE

NDV Edizioni

Prologo

E siste, nel cuore di Roma un luogo sconosciuto. Non ci sono strade o vie per arrivarci, non lo trovi in nessuna mappa e non è nemmeno indicato da alcun GPS. È una biblioteca molto speciale, celata tra le pieghe del tempo; ci si passa davanti senza vederla né percepirne la presenza. Nascosta in piena vista, non ha un indirizzo, si sposta in ogni angolo della città, ed è visibile solamente a coloro che la invocano inconsciamente, alla ricerca di risposte e verità.

Quando si manifesta, le strade intorno cominciano a scomporsi e modellarsi, fino a mostrare una pesante porta di legno scuro con due grandi anelli per bussare. È un luogo, dove il confine tra il reale e l'immaginario si fondono.

Quando deciderà di manifestarsi a un possibile ospite, lo farà con sottili segnali; l'atmosfera si farà più densa, carica di energia che arriverà a sfiorare, con una brezza leggera, l'avventore, insinuandosi tra le foglie degli alberi. Queste, si libereranno nell'aria, formando strane figure, mentre il terreno, trasmetterà una leggera vibrazione e sarà in quel momento, che colui che inconsapevole la cerca, vedrà materializzarsi un antico portone, maestoso, di legno scuro, riccamente intagliato con simboli e decorazioni.

La porta ha due battenti modellati a ricordare un enorme libro aperto.

Entrando camminerai su un pavimento toccato dall'età, lungo un corridoio illuminato da torce, che pare non avere fine. Un percorso che sembra respirare o forse respirarti, per adattarsi alle tue emozioni. Al suo interno, il tempo si è fermato in un'epoca passata; gli scaffali di legno marrone, intarsiati con motivi arcani, sembrano estendersi all'infinito, scricchiolando, talvolta, per attirare la tua attenzione su qualche libro a te destinato.

Sono volumi con copertine di velluto o di cuoio, alcune con incisioni in caratteri d'oro sul dorso, ognuno di essi custodisce scritti unici al mondo.

Lungo il corridoio si aprono numerose sale, la maggior parte, con un grande tavolo al centro che poggia su una passatoia e, solamente una sedia. Gli scrittoi ospitano vari testi disposti con ordine maniacale, uno al fianco dell'altro.

Libri che si sfogliano da soli, lentamente, come se qualcuno d'invisibile, li stesse leggendo in quel momento, pergamene arrotolate una sull'altra.

Il *corridoio che respira*, così amo definirlo, termina in una grande sala, illuminata a giorno da una quantità incredibile di candele; il pavimento, coperto per intero da tappeti di vari colori di fattura preziosa, non ci sono tavoli o sedie, solo un grande divano marrone scuro, strappato in più punti, dall'usura del tempo, posizionato esattamente al centro di quella stanza.

Sarebbe quasi scomparso in quell'ambiente così ampio, se non fosse per file di libri, posti uno sull'altro, che lo circondano su tutti i tre lati.

È uno di quei divani stile Chesterfield da tre posti ma, solamente i due laterali, sono utilizzabili, poiché il posto centrale è da sempre riservato e, costantemente occupato, da Miss Grey.

Questo luogo, all'apparenza magico, esiste nel cuore di Roma, non lo puoi cercare su una cartina perché, se è giunto il momento, sarà proprio lui a trovarti... ovunque tu sia.

1

Miss Grey

Miss Grey è un gatta senza età, di un colore indefinito. Il suo aspetto è come una tela bianca, pronta a colorarsi, seguendo gli impulsi di chi incontra il suo sguardo. Potrà capitare di trovarla accucciata di lato, tutta bianca con il pelo lungo e, dopo qualche minuto, vederla nera o pezzata con un manto corto. Cambia il suo colore seguendo i tuoi pensieri o i sogni. Se sei triste, ti regalerà colori pastello, che ricordano l'arcobaleno, se sei pieno di gioia, allora avrai al tuo fianco, un gatto ricco di colori sgargianti e lucidi.

Ha un aspetto sornione, per lo meno quando entri nella grande sala del divano; i suoi occhi grandi, sembrano custodire storie antiche e universali, riflettono le sfumature del tramonto o la luminosità della luna piena.

Talvolta lascia quel divano, per accogliere gli ospiti che visitano la biblioteca, altre volte rimane lì, in attesa che si avvicinino.

Appena prendi posto, lei interrompe il suo riposo, alzando la testa per guardarti dritto negli occhi e, se la fissi, hai la forte sensazione che ti stia leggendo l'anima. Nessuno, al di fuori di Mr Smith, sa che voce abbia, ma quel gatto, Miss Grey, ha una particolarità, tiene sempre una zampa poggiata su una pagina di un libro aperto sul divano. Non è mai lo stesso, non si sa chi li possa cambiare, o magari qualcuno che, dopo averlo letto, lo ha lasciato proprio lì, ma lei, è come se sapesse quale pagina meriti la tua attenzione.

Ti siedi e, poco dopo averti scrutato, si sposta per accoccolarsi al tuo fianco, lasciandoti prendere il libro che prima custodiva gelosamente. Miss Grey comprende la differenza tra scorrere una pagina e leggerla, ed è in quel momento, che si rivela nella sua essenza, poiché quando ti soffermerai su una frase in particolare, nell'istante in cui il tuo cuore la leggerà, ecco che in quell'attimo, le sue zampe si muoveranno come fossero un segnalibro, bloccandoti la possibilità di voltare pagina.

Questa è Miss Grey, il gatto che non ha età, fuori dalle leggi del tempo, guardiana del passaggio che conduce alla profondità di sé stessi.

2

Parigi - Giselle

Nonostante amasse la vita, sembrava sempre annoiata Giselle. Sedici anni, quell'età dove vorresti senza riuscire, in cui credi di poter tutto, ma ti scontri continuamente con la realtà.

Quel momento della tua vita, nel quale i genitori, appaiono come i tuoi peggiori nemici, nonostante i loro sforzi e l'amore incondizionato che ti dedicano.

Dopo la scuola, a casa per pranzo poi, lo studio, per lo

meno così diceva e via, pronta per uscire con gli amici. Ogni giorno la stessa storia e le stesse parole, "hai fatto i compiti amore", dopo un istante di vuoto, ecco giungere la sua risposta,

"sì Ma! Stai serena, ora esco ci vediamo dopo" a seguire, il rumore della porta lasciata correre per la fretta.

Le famose uscite con gli amici finivano spesso, per non dire costantemente, nel passare il tempo seduti su un muretto, ognuno con il proprio cellulare in mano, alla ricerca di chissà cosa in un social qualsiasi, per poi mettere i vari like, al post di quello o quella seduta lì, a pochi centimetri. Un incontro tra cellulari... si direbbe.

Talvolta, nonostante si fossero dati appuntamento, Giselle appariva ore dopo con un vestito nuovo o una borsa firmata, che mostrava fiera alle amiche.

"Ho preso un caffè in centro con un amico e mi ha regalato questa borsa" diceva mostrandola con orgoglio e, innegabilmente, suscitando invidia tra le amiche, che si domandavano chi fosse questo amico così "premuroso", ma poi, dopo una breve agitazione, tutto tornava al solito muretto e ai social. Insomma, quella rappresentava la normale giornata di una sedicenne di un quartiere parigino densamente popolato, i cui genitori, lavorano entrambi per darle la miglior vita possibile. Amava il lusso Giselle, le piaceva comprare borse, vestiti o il cellulare appena uscito.

Era un venerdì di maggio quando, la sera a cena, disse ai genitori che era stata organizzata una gita, un week end a Roma, per visitare monumenti e musei. Desiderava andarci con tutto il cuore, non era amante dell'arte e nemmeno dei musei ma, il solo fatto di passare dei giorni a Roma con i suoi amici, le sembrava una cosa davvero figa, da postare ovunque, non poteva non esserci.

La mamma e il papà si scambiarono uno sguardo d'intesa, si vedeva che ci teneva a quel viaggio, tanto che, se il costo non fosse stato proibitivo, avrebbero cercato di accontentarla. "Domani chiamo la scuola e vediamo" rispose il padre.

Inutile dire che l'indomani in classe, dava già per scontato che sarebbe stata tra i partecipanti al viaggio e, altrettanto inutile, pensare che non stesse già cercando informazioni sui locali della movida romana.

3

Roma - Giselle

Il volo Air France atterrò in perfetto orario alle diciotto. Una volta aperti i portelloni, i ragazzi si catapultarono fuori, invadendo il "finger" con canti e risate. Il viaggio in pullman fino all'Hotel in centro fu decisamente silenzioso, con gli sguardi immersi nel panorama della città.

Una volta sistematisi nelle stanze, organizzare la serata fu un attimo, per il gruppo di sedicenni in gita.

"Vi raggiungo più tardi" disse Giselle ai compagni, "mi vedo con un amico che si è trasferito a Roma un paio di anni fa, ne approfitto."

L'euforia di girare la città magica era troppo alta per dispiacersi e cercare di convincere Giselle, pertanto si divisero, ognuno verso la propria meta.

Giselle passeggiò per il centro, con Google Maps che la guidava a destinazione; era affascinata da quelle strade, dalle fontane che le apparivano appena imboccava una strada. La sua Parigi era una bella città, ma Roma, beh... non era paragonabile a nulla, lo sapeva dentro di lei e ora lo sentiva. Custodiva in sé una magia, Roma.

"Via Margutta, eccola sono arrivata" disse a bassa voce, proseguendo verso il civico indicatole. Si infilò nel portone, seguendo le istruzioni che aveva ricevuto via WhatsApp.

Le nove di sera, era già sulla porta pronta a lasciare l'appartamento, contava il danaro ricevuto mentre salutava il suo anziano amico, con un sorriso decisamente spento, per poi riprendere Via Margutta a ritroso.

Centocinquanta euro.

Vendeva sé stessa, la sua anima, il suo corpo, a qualche squallido anziano, per avere quei maledetti soldi da spendere per borse o vestiti.

Questa era Giselle, una ragazzina di sedici anni, che guardava la vita con occhi spenti. Fece il percorso a ritroso rispetto a un'ora prima, girò a destra poi, subito a sinistra, ammirando la bellezza di quei vicoli antichi e dimenticando, forse per quel momento, la sensazione d'intrusione che le camminava a fianco.

"Ora a sinistra, dovrei trovare una fontana" pensò girando, ma non vide ciò che cercava, aveva imboccato una strada senza uscita.

"Strano, ero convinta... che" si disse girando lo sguardo intorno. Accese Google Maps, per cercare la propria posizione ma, niente da fare, la connessione era assente. Tornò sui suoi passi lasciando quel cul-de-sac, cercando, su ambo i lati, un punto di riferimento. Cominciava ad avere una sensazione di smarrimento, non sapendo dove andare e, "Cristo! Devo rientrare prima che i professori si accorgano che non sono con il gruppo!"

Qualche passo alla sua destra, poi una piccola via quasi nascosta, con in fondo una fontana, "ECCOLA!"

Esclamò a voce alta.

Si diresse verso quel piccolo monumento con l'acqua zampillante, cercando il nome della strada così per curiosità, ma nessuna delle pareti dei palazzi aveva una targa che la indicasse; ricordava che alla fontana doveva girare a destra, ma la sua attenzione venne catturata da un negozio, una piccola bottega, con una porta di legno scuro a forma di libro.

Era affascinante, doveva essere molto vecchia. L'insegna recitava *"Giselle"* e, con una insegna così, era impossibile non entrare. Uno sguardo veloce all'orologio, le nove e un quarto, non era tardi per raggiungere gli amici.

Venne accolta subito da un odore particolare, che non riusciva a catalogare tra i suoi ricordi: un misto di antico e di serenità, questo era ciò che percepiva annusando l'aria.

"Benvenuta, come posso aiutarti" disse una voce dal fondo del negozio.

"Salve, mi scusi volevo solo dare uno sguardo" rispose Giselle, "confesso che il nome di questo negozio mi ha attratta, visto che mi chiamo..."

"Giselle" rispose un anziano signore, che nel frattempo l'aveva raggiunta.

La ragazza rimase un attimo basita, come faceva, quell'uomo, a conoscere il suo nome?

"Tranquilla Giselle, l'ho capito dalle tue parole, insomma dalla tua emozione... mi chiamano Mr Smith e, sono al tuo servizio", la tranquillizzò con un breve inchino, il vecchio titolare della libreria.

-4-
Mr Smith

C apelli lunghi color argento, lasciati liberi sulle
spalle, il viso segnato dal tempo, che si anima
nello sguardo vispo e luminoso, un paio di
occhiali a montatura circolare. Indossa sempre abiti di

tessuti pregiati, ma con fattezze ricercate. Una lunga giacca sopra un gilè di tweed e, in bella mostra, un orologio a cipolla nel taschino. I pantaloni, che sembrano sempre come appena stirati, cadono dritti su un paio di scarpe punzonate marroni.

Cammina lentamente, con calma verso il cliente della libreria, regalando un sorriso sincero, mentre parla con voce rassicurante e pacata. Ogni parola è accuratamente scelta, per raggiungere l'interlocutore, al di là del mero significato, la sua attenzione è rivolta totalmente all'ascolto. Mr Smith sa che, chi entra nella sua biblioteca, sta cercando qualcosa, ed è altrettanto consapevole, che dovrà essere lo stesso avventore a scoprire di cosa abbia bisogno. Il suo compito è quello di guidarlo in questa esplorazione, attraverso la comprensione e invitandolo a visitare la biblioteca.

Le sue giornate, sono cadenzate dalla lettura e dall'ordinare le migliaia di libri antichi, che hanno l'abitudine di spostarsi tra gli scaffali, in base alla persona che entrerà in quel luogo.

Quando un libro in particolare andrà a posizionarsi sotto le zampe di Miss Grey, allora Mr Smith aprirà, sul bancone, il grande registro dei riscontri, per prepararsi a ricevere l'ospite in arrivo. Nel momento in cui qualcuno, benché inconsapevolmente, cerca risposte dal profondo del suo cuore, in quel preciso istante, la biblioteca trasformerà sé stessa, creando un luogo congeniale a chi, di lì a poco la visiterà. Solo in quella circostanza si renderà visibile, mostrandosi in tutto il suo splendore.

Roma - libreria Giselle

G iselle si sentì un po' imbarazzata ma, l'approccio di quell'uomo la mise a suo agio. Si guardò intorno, incantata da tutti quegli scaffali colmi di libri, ognuno dei quali sembrava contenere una storia unica da raccontare.

"È un piacere, Mr. Smith" disse con un timido sorriso.

Finalmente appariva come una ragazza di sedici anni, con la sua timidezza ed emozioni. Chissà da quanto tempo non le capitava di sentirsi così.

"I libri, hanno un modo meraviglioso di attrarre anime affini. Questo posto è più di una semplice libreria; è un rifugio per chiunque cerchi avventura, conoscenza o anche solo un po' di tranquillità" le disse l'uomo, mostrandole con la mano, l'interno della biblioteca. "Faccio strada" riprese "così raggiungiamo la sezione dove, sono certo, troverai ciò che cerchi."

Giselle stava per rispondere che in realtà lei non cercava nulla, che era entrata solamente per curiosità, ma la gentile determinazione del proprietario, la spinse a seguirlo.

"Questa biblioteca, fa parte della mia famiglia da generazioni, contiene talmente tante pubblicazioni, che non ne conosco il numero."

"Come non sa quanti libri ha qui dentro?" Disse Giselle incredula.

Mr Smith non rispose, continuando a camminare lungo il corridoio, "Questa", indicando una sala sulla destra, "è la stanza della felicità."

Aprì la porta.

Giselle gettò lo sguardo all'interno sorridendo per quel nome che trovava un po' strano.

"Perché si chiama così"

"In questo luogo, ogni ambiente ha un nome e, in ognuno di essi, potrà entrare solo chi è in simbiosi con l'energia che contiene." Fece una pausa, "Una stanza non permetterà a nessuno, che non sia in armonia con essa, di varcare la soglia, semplicemente perché quell'ingresso non si mostrerà. È una biblioteca che vive, respira e ha la capacità di leggere nel cuore delle persone."

Giselle ascoltava con fare interrogativo, non riusciva a capire se credere o meno, a quello strano vecchio signore.

"Per quanto riguarda i libri che puoi trovare qui" riprese Mr Smith, "devi sapere che tutti quelli che vedi, li potrai sfogliare, annusare, o anche solo ammirare. Sono testi che possono trasportarti in qualsiasi luogo, senza dover muovere un passo. Ogni libro o pagina, ti condurrà verso un cammino forse sconosciuto, perché ognuno di loro contiene una storia da svelare" concluse soddisfatto.

Proseguendo la visita, Mr Smith presentò le varie stanze affacciate lungo il corridoio. Sembrava un passaggio senza fine.

Arrivarono davanti una porta ornata con rampicanti d'oro. "Questa" disse indicandola, "è la Sala delle Avventure. Si aprirà solo a chi sente la fiamma dell'entusiasmo bruciare nel cuore." Poi aggiunse, "Lascia che ti mostri quella della Reminiscenza."

Si mossero di pochi passi, giungendo davanti a un portone decorato con dei dettagli intricati. "Questa stanza, si apre quando sei in pace con i tuoi ricordi e sei disposta a esplorare il passato con serenità."

Il tour continuò attraverso una serie di ambienti: la Stanza della Passione, che si apre con la fiamma dell'ardore interiore; quella della Speranza, dove la porta si schiude solo se si è animati da aspettative sincere; del Coraggio, che si svela a chi può superare le proprie paure. Ognuna di quelle sale, rappresentava un'esperienza unica, un viaggio attraverso le emozioni umane e le profondità dell'animo.

Alla fine, Mr. Smith, la condusse all'ingresso della Sala del Conflitto, un luogo dove le emozioni si intrecciano, come fili colorati, rappresentando le sfide e le discordie interiori che ogni individuo affronta. La porta era chiusa da una intricata rete di corde intrecciate.

"Questa stanza, si apre solamente se sei pronta ad affrontare le tue battaglie più intime, quando sei disposta a cercare la soluzione e l'equilibrio", spiegò Mr. Smith.

In quel momento, Miss Grey si avvicinò, strusciandosi alla gamba di Giselle.

"Lei è Miss Grey, è con me da sempre, forse anche da prima, ho perso il conto."

"Come per i libri" rispose scherzosa Giselle.

"Esattamente, mi piace la tua mente attenta" sorrise Mr Smith, poi aggiunse, "spero tu non abbia timore dei gatti. Il fatto che si sia strusciata alla tua gamba, nel suo linguaggio vuole dire una sola cosa."

"Coccole o cibo" rispose Giselle.

"No, nulla di tutto ciò. Desidera che tu la segua fino a quello che lei, ha deciso sia il luogo per te."

"Cioè?" provò a balbettare Giselle "ma si dai, andiamo, faccio prima a mostrartelo" concluse Mr Smith.

Seguirono la gatta lungo il corridoio, attendendo i suoi

tempi, le soste per annusare qualcosa, o per strusciarsi da qualche parte, finché si sedette davanti una parete vuota, strofinando il muso sul muro.

"Credo che questa sia la tua stanza, per il momento" disse Mr. Smith mentre, sulla parete, si materializzava una porta.

Giselle era timorosa e stupita "qual è il nome?" Chiese un po' titubante per la risposta.

"Hai ragione, scusami se non te l'ho presentata. È la sala del tempo perduto" rispose Mr Smith con solenne tristezza, "quella, dove credo, tu debba entrare. Al suo interno troverai sicuramente ciò che cerchi. Sai, è da lungo tempo che ti attende."

La ragazza era in evidente disagio nel sentire il nome della stanza indicatale.

"Giselle" riprese Mr Smith con un timbro di voce tranquillo e persuasivo "Miss Grey, ha deciso che questa è, per ora, la tua stanza e so, per esperienza, che non sbaglia mai."

"Ma dov'è andata" chiese Giselle guardandosi intorno.

È tornata nel suo posto preferito, nella sala del divano" rispose Mr Smith, "ci sarà un momento in cui te la mostrerò, ma ora vai e scopri la stanza a te dedicata ma, ricorda, quando troverai il tuo libro, non limitarti a leggere le parole."

Le aprì la porta e, con un inchino appena accennato, la invitò a entrare.

6

Roma - Marco

MIB, così lo chiamavano nel quartiere, Marco il Boss. In effetti un po' da "padrino" si comportava. Diciotto anni, una vita sicuramente non così semplice, Marco aveva lasciato gli studi dopo la seconda superiore, senza neanche diplomarsi. Lavorava, da qualche anno presso un'autofficina, nonostante non fosse mai stato il suo sogno, ma da tempo, aveva smesso di sognare.

La sua giornata era dedicata a riparare auto, a comportarsi da bullo con gli amici per essere riconosciuto come un capo, in attesa del week end, per andare in discoteca o allo stadio. Ogni giorno, settimane e mesi, questa era la sua vita, che si consolidava sempre più. Non aveva aspettative né sogni; i suoi desideri erano piccoli e inutili, come quel paio di scarpe sportive della casa americana, che costano una fortuna, ma sono da fighi.

Una vita ancorata all'apatica deriva dei suoi giorni. "Sognare è per i bambini, la vita è praticità e non illusioni stupide e inutili" diceva sempre, assumendo lo sguardo di chi ha vissuto a lungo, nonostante la sua giovane età.

Viveva con il padre muratore, che usciva alle cinque tutti i giorni mentre, la mamma, se ne era andata anni prima, senza lasciare neanche un biglietto. Insomma, non era facile crescere con delle aspettative diverse, se non quelle di apparire un duro.

"Bisogna andare dal Signor Marini" gli disse il titolare dell'officina quella mattina. "Questo è l'indirizzo, è in pieno centro... il Signore ha un problema con la batteria, vai e sistemala sul posto, poi fatti pagare."

Fu questo l'ordine che Marco ricevette, appena arrivato al lavoro, alle otto di mattina.

Indossò il casco, accese il motorino, controllò l'indirizzo e partì in direzione centro storico di Roma. Con il traffico caotico della mattina, l'unico mezzo per salvarsi, era proprio un motorino, un cinquantino, come si dice a Roma, maneggevole e veloce, considerando i numerosi blocchi del flusso di auto.

Arrivò un'ora dopo, e alle nove e mezza aveva sistemato il problema del cliente. Ricevuto il pagamento, mancia inclusa, decise di meritare una bibita in qualche bar del centro pertanto, si avviò a piedi ammirando le vie circostanti.

Quanto gli sarebbe piaciuto vivere in uno di quegli appartamenti. Li immaginava lussuosi, pieni di cose moderne e poi, bastava scendere per avere ogni tipo di locale notturno a disposizione.

Arrivato in prossimità di Via Margutta, la strada degli artisti come la chiamavano, prese una traversa a destra. Dopo pochi metri, si ritrovò in una minuscola piazza con una fontana al centro, una delle tante che si trovano sparse per la città. L'idea fu quella di sedersi un attimo per ammirare quanto aveva intorno ma, girando lo sguardo incuriosito, vide un piccolo locale, vecchio e malandato, con una strana porta in legno a due ante a forma di libro.

"Che figata" esclamò estasiato da quella vista, poi lesse il nome di quel negozietto "la libreria di Marco".

"Cazzo si chiama come me" disse muovendosi in direzione di quel negozio. Controllò l'ora, per evitare di fare troppo tardi in officina, le nove e quaranta, beh si, dieci minuti se li poteva permettere.

Appena entrato venne accolto da un anziano signore in completo grigio e un papillon: "benvenuto, come posso aiutarti?"

7

Roma - Robert

Un over cinquanta, di origini americane, da troppo tempo imprigionato nel tunnel della droga. Due anni di inutili tentativi per uscire dall'abisso, lo avevano condotto allo stadio più terribile di quel maledetto percorso, l'accettazione.

Tutto nacque quasi per gioco, un dannato passatempo. Robert, questo il suo nome, si trovava fuori città con l'azienda, nella quale occupava un ruolo dirigenziale, per la solita riunione di fine anno, quel tipo di riunioni dove vengono sviscerati i successi, le performance aziendali e tante cose belle, della serie noi siamo i migliori, i vincenti.

Dopo la riunione, definita esaltante e la cena, Robert e alcuni colleghi, si spostarono nella discoteca dell'Hotel per continuare i festeggiamenti. In quella serata era stato eletto tra i migliori dell'anno, si sentiva euforico e di andare a dormire non se ne parlava proprio.

Qualcuno tirò fuori della cocaina, sulla quale tutti affondarono il naso tranne Robert. L'euforia, forse il fatto di essere l'unico a non sniffare, o il maledetto fato, insomma, Robert fece la prima sniffata della sua vita.

Il resto è di facile intuizione; la continua ricerca di quello stato di eccitazione, di iper-vigilanza che ti fa sentire di avere tutto sotto il tuo controllo, la mancanza di sonno, che ti permette di vivere più intensamente, in altre parole, quella magnifica sensazione di potere... era impagabile.

Col tempo, la ricerca di dominare la propria vita era diventata necessaria, tanto che aveva iniziato ad assumere coca regolarmente e sempre più frequentemente durante il giorno. Senza quella magica pozione, il suo rendimento precipitava a picco, diventava sospettoso di tutti, lui non sbagliava mai, a detta sua erano sempre gli altri, quelli in errore. Era entrato in quel precipizio con tutto sé stesso, bruciandosi il cervello e ogni cosa o persona che ruotava intorno alla sua vita, una volta degna di questo nome. Col tempo, perse la famiglia e tutti gli altri affetti, che si erano infranti come schegge di un vetro rotto.

La moglie, dopo i vani tentativi di uscirne, aveva paura di lui così come sua figlia Dorothy, una dolce ragazzina, che gli preparava sempre il tè la domenica pomeriggio, mentre lui si dilettava al pianoforte, ora temeva di avvicinarsi.

La luce che aleggiava sulla sua vita, era diventata un faro spento, coperto da montagne di delusione e rabbia.

Anche al lavoro lo avevano abbandonato, lasciandolo sul lastrico al punto che perse la casa che aveva acquistato.

"Mi serve un tiro" diceva sempre a sé stesso "così mi rimetto in sesto e vedi cosa combino. Faranno a gara per prendermi." La maledetta coca gli parlava, suggerendogli che con lei, avrebbe ripreso il controllo.

La sentiva, la stronza!

Quella domenica pomeriggio, saranno state le cinque, uscito dalla struttura dove recuperava talvolta del cibo, continuò a camminare senza meta né motivo, indifferente alla pioggia che cadeva incessantemente.

Avanzava come uno zombie, con le poche persone in giro che lo evitavano, solo nel vederlo passare.

Testa bassa, spalle ricurve, lo sguardo sul terreno, proseguiva ciondolando, trascinando i piedi. Prese una strada laterale che sembrava senza uscita, in fondo vide una fontana, aveva sete e voleva bere. Con fatica, tenendosi in equilibrio, bevve, per poi lasciarsi andare seduto a terra, stanco.

Si guardò intorno, palazzi antichi si stagliavano sopra di lui, con portoni e cancelli in ferro importanti. In uno, subito sopra una porta, vi era un grande orologio con le lancette, segnava le cinque e trenta. Faticosamente si alzò trascinandosi fino a quello strano ingresso, non ne aveva mai visto uno simile. In legno, annerito dal tempo, due ante, che ricalcavano la copertina di un libro.

Nessuna insegna sopra né ai lati, solo una piccolissima targa sporca. La pulì con la manica del giubbotto e lesse a bassa voce: "Biblioteca delle ombre."

Istintivamente spinse la porta ed entrò. Si trovò immerso in un ambiente strano, antico, avvolto dal profumo del legno e della carta.

Luci soffuse, donavano a quel luogo una parvenza quasi magica. A un tratto, si sentì meno stordito, socchiuse gli occhi e ne respirò il profumo.

"Benvenuto, come posso aiutarti" disse una voce in fondo al corridoio.

8

Roma - libreria Marco

arco rimase un attimo a bocca aperta, prima di ricordarsi di essere un duro. Le pareti intorno, erano rivestite da scaffali fino al soffitto, traboccanti di libri di dimensioni e forme incredibili, alcuni decisamente strani, visto che emettevano una specie di luce tenue.

Fece qualche passo avanti verso il bancone, dietro al quale si trovava Mr Smith.

"Ehm, salve sì, mi spiace sono entrato per errore, cercavo un altro posto, mi scusi" disse frettolosamente girandosi verso l'uscita.

"Molti entrano qui per errore, alcuni si fermano e ne escono poi felici. Dovresti provare anche tu, Marco" rispose Mr Smith

Si bloccò con la mano sulla maniglia "come sa il mio nome?"

L'uomo, nel frattempo, lo aveva raggiunto, con la sua camminata flemmatica "me lo ha detto Miss Grey" sorrise "ti prego accomodati, permettimi di mostrarti qualcosa che penso, possa esserti utile" concluse indicando, con la mano, il corridoio.

Si avviò pacatamente, lasciando Marco alle sue spalle, "questa biblioteca è vecchia di secoli, e contiene un numero imprecisato di libri, tutti antichi, magari anche magici, chissà" continuò mentre, con andatura tranquilla, precedeva Marco.

"È gestita dalla mia famiglia da sempre, non so nemmeno io da quanto tempo sia qui."

Seppur scettico, Marco era incuriosito. Il suo volto assunse un'espressione di stupore che neanche ricordava di poter avere. Se lo avessero visto i suoi amici, lui Marco il Boss.

Con le braccia incrociate sul petto, mosse i primi passi seguendo Mr. Smith. Continuava a guardarsi intorno girandosi, talvolta, indietro. Si abbassò di scatto, per evitare un libro che passò da uno scaffale a quello nella parete opposta.

"Non farci caso, è una cosa normale qui da noi" gli disse Mr Smith senza neanche girarsi, "qui i libri decidono autonomamente dove vogliono stare."

Per un attimo, il ragazzo cercò inutilmente una risposta, poi disse di getto "dai che trucco è questo, mica sono un bambino che si impressiona."

"Questa" continuò Mr. Smith aprendo una porta, "è la Sala dei passi perduti."

Marco si affacciò per osservarne l'interno. Una enorme finestra fino al soffitto, proprio di fronte la porta d'ingresso, con due colonne rivestite in legno sui lati. Un tavolo in noce con sopra alcune candele accese, poggiava su un pavimento di marmo bianco, ricco di venature e intarsi in legno. Sul pavimento, altri ceri creavano un gioco di luci e ombre che si spostavano con l'aria. Tutta la sala era circondata da scaffali, non c'erano libri ma oggetti diversi. Una pipa, degli scarponi, un paio di sci, un windsurf, anche una bicicletta.

Erano tutti collocati intorno alla sala, come a raccontare delle storie dimenticate

"Sono oggetti lasciati" spiegò Mr. Smith "da viaggiatori passati da qui senza concludere il loro viaggio." Chiuse la porta dietro di sé, "proseguiamo, sempre se ti fa piacere" poi continuò "voglio mostrarti una sala che ti piacerà."

Marco non rispose, continuando a seguire Mr. Smith con fare spaesato o forse, strano per uno come lui... incantato.

Lungo il corridoio, che sembrava infinito, incrociarono una gatta, che si avvicinò con la coda alzata.

"Ti presento Miss Grey" disse quasi in tono solenne Mr Smith, "lei è con me da sempre e conosce, esattamente, in quale stanza devo portare gli ospiti".

Miss Grey si fermò a pochi passi da loro, sedette restando immobile a fissare il ragazzo. "Mmmh strano" riprese Mr Smith, "non accade mai che non si avvicini per prendere delle carezze."

Marco si chinò sulle ginocchia allungando una mano verso il gatto che in risposta, gli soffiò per poi girarsi e tornare sui suoi passi.

Ritrasse la mano con uno scatto risollevandosi.

"Non preoccuparti" proseguì Mr Smith "sembra incredibile, ma Miss Grey non ti odia. Si comporta così perché è arrabbiata per qualcosa che hai, ma non usi."

"Non capisco" rispose Marco, "cosa vuol dire che non uso?"

"Vedi, Miss Grey, come la maggior parte dei gatti, ha la capacità di leggere le persone. Ne avrai sentito parlare, immagino."

Marco annuì senza neanche rifletterci

"Ecco, lei ha visto che tu sei destinato a fare delle cose grandi, importanti, ma non stai facendo nulla per innescare quel processo. Conosco Miss Grey, lei vede che sei bloccato dentro un personaggio che hai costruito, ma non ti rispecchia."

"Sì ok, magari ora mi fa anche le carte" rispose sarcastico Marco, "comunque, scusi ma è tardi, il mio capo si arrabbia, devo andare."

Si girò per tornare verso l'uscita.

"Come desideri, anche se, confesso, mi dispiace" fece seguito Mr Smith, "mi avrebbe fatto piacere mostrati la tua stanza, quella dei Sogni Latenti."
Marco si fermò un attimo e senza girarsi "uff... solo se facciamo presto perché sono in ritardo."
Mr Smith gli andò incontro di qualche passo, "eccola, è proprio alla tua destra."

A quelle parole, si materializzò una porta, Mr Smith, abbassando la maniglia, lo invitò a entrare con un leggero inchino.

- 9 -
Biblioteca delle ombre

A bituatosi alla penombra, Robert vide un anziano signore venirgli incontro. Capelli bianchi lunghi alle spalle, tenuti insieme da una bandana gialla, un gilè scuro, lasciato aperto su una camicia sgargiante a fiori.

Sul collo, spiccava una collanina di perle colorate.

"Sa... salve" disse Robert, "le chiedo scusa, sono entrato

per curiosità, non sto cercando nulla in effetti"

"E' un bene" rispose l'uomo "puoi chiamarmi Mr Smith. Qui si entra sempre per curiosità, quindi non preoccuparti, mi fa molto piacere."

Ci fu un attimo di pausa, nel quale Robert assaporò quella frase.

Da lungo tempo, nessuno gli indirizzava una parola gentile. Si girò timidamente, accennando un sorriso che partiva dal cuore, come da troppo non gli accadeva. Lui, che veniva sempre allontanato, lui, che quando si avvicinava a qualcuno, lo vedeva cambiare strada senza neanche uno sguardo, lui, che un tempo aveva tutto, si era trasformato in una *non persona*.

E ora qualcuno non solo lo vedeva, ma gli parlava e lo invitava a restare, no, non poteva fermarsi, aveva paura, meritava di essere un invisibile, era una sua responsabilità e questo era ben chiaro, lapalissiano!

Riprese deciso la strada verso la porta di quello strano posto...

"Non insisto se vuole andare, peccato, perché avrei condiviso volentieri un buon tè con lei" disse Mr Smith.

Con la mano bloccata a mezz'aria, Robert ebbe un sussulto. Rivide Dorothy che gli serviva il tè: "zucchero o latte Signore?" Gli chiedeva sempre. Sentì gli occhi inumidirsi, lo stomaco serrarsi, gli mancava il respiro con quell'immagine nella mente.

"Preferisce zucchero o latte Signore?" Chiese Mr Smith.

Robert, non riuscì più a tener ferma quella lacrima, che lottava disperatamente per uscire: "con z... zucchero per favore" rispose con un filo di voce.

Schiena afflosciata, con la testa bassa mosse qualche piccolo passo verso il suo interlocutore che lo accolse, poggiandogli una mano sulla spalla.

"Anche io preferisco lo zucchero" gli disse con un tono delicato "ti prego, faccio strada così ci mettiamo comodi. Ti dà fastidio la musica?" Continuò Mr Smith, "sai io non riesco a star senza, perlomeno come sottofondo, devo sentire che mi circonda."

In quel momento, Robert si rese conto che le note di un pianoforte accompagnavano la loro conversazione. Attraversato in pochi istanti il breve corridoio, Mr Smith lo invitò a entrare in una sala enorme, piena di tappeti, con al centro un divano, in stile Chesterfield.

"Ti prego, accomodiamoci" indicando il sofà "ci terrà compagnia anche Miss Grey, ma puoi star tranquillo, lei non ci disturberà. Spero, tu non abbia paura dei gatti."

"No" rispose Robert che, finalmente, riprendeva il controllo di sé stesso "anzi, mi piacciono molto i gatti. Posso accarezzarla?"

Nel frattempo, Mr Smith posò sul tavolino di servizio, il vassoio con due tazze e una teiera in porcellana bianca.

"Non devi chiederlo a me, ma direttamente a lei. Posso assicurarti, comunque, che non ti graffierà"

Miss Grey, in quel momento si sentì chiamata in causa e, alzando la testa, guardò fisso negli occhi l'ospite per qualche istante, per poi iniziare un concerto di fusa. Robert si accomodò da un lato mentre, Mr Smith, sedette su quello opposto del divano, lasciando Miss Grey al suo solito posto al centro.

Il profumo leggero del tè appena versato, si liberava in quella sala, mescolandosi al crepitio, quasi impercettibile, del fuoco nel camino.

"Mi piace il caminetto acceso, mi ha sempre dato un senso di rilassamento e di energia al tempo stesso."

"Mi fa piacere" rispose Mr Smith porgendogli una tazza, "lo stesso effetto che dà anche a me. Talvolta, rimango ipnotizzato a guardare le fiamme, non so neanche io per quanto tempo"

Il tè caldo, il camino acceso, l'armonia del piano e il suono delle parole di qualcuno che gli parlava, ebbero un potere incredibile su Robert. La musica aveva un effetto magico su di lui, risvegliando quel legame invisibile, tra il suo cuore e le note che si impossessavano di ogni spazio libero. Quella melodia aprì un flusso di pensieri, ricordi lontani, emozioni da troppo tempo sopite. Sogni sepolti tra le ragnatele del buio ricomparvero, come se le note, avessero la chiave per sbloccare le porte della sua anima.

Posò la tazza sul tavolino, coprendosi il volto con le mani per un minuto, prese un lungo respiro: "grazie per tutto questo" aveva gli occhi gonfi. Non riuscì a continuare la frase, venne interrotto da Miss Grey, che gli si accomodò sulle gambe.

"Oh" disse Mr Smith "è una cosa che capita molto di rado questa" con lo sguardo strabiliato "credo tu abbia qualcosa d'importante da affrontare amico mio."

Robert prese un sorso di tè, stava vivendo un istante di pura emozione, dove la musica e il tè creavano un'armonia sensoriale, che attraversava ogni sua cellula. Raccontò brevemente la sua storia, parlò del sentimento di responsabilità per la situazione che viveva. Non tralasciò, nemmeno, di parlare di lei, la sua dipendenza.

"So di essere incastrato in questa fogna dove mi sono infilato, non ne uscirò mai, nonostante abbia provato molte volte, ne ho preso coscienza, questa è, e sarà la mia vita" disse con un forte senso di apatia, "lo accetto e..."

"Ti prego, permettimi di accompagnarti" lo interruppe Mr Smith, "voglio mostrarti un posto dove, credo, tu possa ritrovare quella parte di te che hai lasciato sprofondare."

Insieme lasciarono la sala del divano, con Miss Grey che li seguiva con la coda alzata, percorsero un lungo corridoio che Robert non aveva neanche notato." Siamo arrivati" fece Mr Smith, "questa è la Sala delle Ombre. Al suo interno, credimi, troverai qualcosa di inaspettato, che ti stupirà e ti donerà una gioia immensa" concluse.

Abbassò la maniglia e, con un inchino appena accennato, lo invitò a entrare.

-10-
Sala del tempo perduto

Sentì la porta chiudersi delicatamente alle sue spalle. Rimase, immobile, a guardarsi intorno; pochi arredi, circondati da una quantità incredibile di volumi. Un tavolo al centro, una sedia antica e, tutto intorno, libri, tomi, intere collezioni in ogni angolo. Uno sull'altro, alcuni sul pavimento e altri sul tavolo, illuminato dalla luce tenue di una lampada, al centro, un libro aperto.

La copertina scura in cuoio, lo spessore era notevole, non una piega o un segno di usura, come se il tempo avesse graziato quelle pagine.

Senza un nome a indicarne l'autore o un titolo a rivelarne il contenuto, il libro pareva fosse lì per uno scopo preciso. Giselle sedette alla scrivania, trascinandolo a sé. Le mani scivolarono sulla copertina liscia e fu in quel momento che, lentamente, si rivelò un titolo: "L'illusione della superficie."

Girò la prima pagina e la stanza dove si trovava si dissolse, trovandosi trasportata in un luogo oscuro, dal quale emersero visioni di sé stessa con i capelli bianchi, benché il viso fosse ancora giovane. Accanto a lei, individui senza volto ne sfruttano il corpo, oggetto indiscusso del loro piacere, alcuni di giovane aspetto, altri molto vecchi e malandati. Lasciano pochi spiccioli su una sedia, accostata in un angolo, entrano dentro lei senza dire una parola per poi, andarsene altrettanto silenziosamente, in un ciclo infinito.

Un senso di nauseabonda disumanizzazione si impossessa di Giselle, mentre una lacrima, cade nel vuoto della sua effimera vita.

Poi, la scena cambia, nonostante quel senso di dominazione persista, quasi stesse vivendo in un film, l'ambiente si modifica, mostrando le amiche di scuola le quali, si ergono a giudici implacabili del suo stile di vita. Parole di disprezzo, biasimo e di commiserazione che le penetrano il cuore come frecce. Questo pensavano di lei, tra risate meschine e falsi sorrisi.

Buio!

Intorno a lei solo tenebre a circondarla. Disorientata, impaurita, con il cuore che batte quasi volesse esplodere, poi... un gemito, sembrava un vagito.

Da qualche parte, vicino a lei, il pianto di un bambino.

11

Sala dei sogni latenti

Marco si ritrovò in un luogo che non riusciva a definire. Era entrato in una stanza, questo lo sapeva perfettamente ma, intorno a lui, non c'erano muri o finestre. Si trovava su un'altura, di fronte a lui uno spazio grigio, senza colori, circondato da quadri appesi a catene, che pendevano dal cielo. Era così reale, che gli ci volle un po' di tempo per riprendersi. Dietro di lui, era scomparsa anche la porta che aveva appena attraversato. "Che scherzo è questo!" Gridò ad alta voce, senza ricevere alcuna risposta.

Si avvicinò a un dipinto, a ogni passo seguiva un suono di ferraglia, poi un altro e quel rumore, si tradusse in una catena, stretta intorno alla caviglia.

"Ehi, che cazzo succede!" Imprecò.

Nella tela di fronte a lui, vide la sua immagine dipinta e, più in basso, una frase:

"*Prigioniero non è colui che è in gabbia, ma chi, da libero, non corre dietro ai propri sogni.*"

Marco strattonò la gamba per cercare di liberarsi, senza alcun successo, non aveva via di scampo, imprigionato dalla sua stessa visione della vita.

Altri quadri, appesi al nulla, gli vennero incontro, animandosi appena li osservava.

Scene di lotta, panorami cupi, ancora un dipinto sbiadito, che lo ritraeva con le mani sporche di grasso, un altro, a cena in un anonimo appartamento, di fronte a lui, una donna mangia a testa bassa, nonostante sia una semplice immagine, si percepisce un profondo silenzio tra i due.

Chiuse gli occhi, non voleva vedere quelle immagini ma, ne era circondato. Sono inquietanti frammenti della vita che sarà, ogni tela, è una finestra nel tempo inesplorato.

"BASTAAAAA!" Urlò a squarciagola.

Quell'urlo animò una nuova scena, un pennello invisibile su una tela bianca, iniziò a dipingere, lentamente, un uomo solo, col volto segnato dall'età, curvo sotto il peso delle aspettative e dei rimpianti, i capelli grigi e gli occhi spenti, privi di qualsiasi luce. Uno sfondo desolato con colori offuscati, il mondo stesso, il suo universo non aveva vivacità.

Quella strana galleria, sembrava espandersi intorno a lui, con i quadri che si moltiplicavano come ombre oscure, circondandolo da ogni lato.

Girarsi era inutile.

Crollò a terra seduto, le ginocchia serrate sul petto, a creare una barriera contro quelle emozioni travolgenti, la testa abbassata in un tentativo di sfuggire alle visioni, non voleva alzare lo sguardo ma, anche chiudendo gli occhi, era impossibile non vedere quelle immagini che gli attraversavano la testa.

Il cuore martellava con una furia incontenibile, aumentando, a ogni battito, la collera che lo stava divorando. Era rabbia verso sé stesso, contro il destino ingiusto che sembrava affliggerlo e le circostanze, che lo avevano portato a sentirsi così impotente, intrappolato.

Il furore si mescolava alla sensazione d'impotenza riflettendosi in quella maledetta catena al piede, che aumentava la sua presa, stringendosi sempre di più.

"Prigioniero non è colui che è in gabbia,

ma chi, da libero, non corre dietro ai sogni."

Nella sua mente si fece spazio quella frase, letta poco prima. Alzò lo sguardo dritto davanti a sé, ciò che vedeva, benché apparisse sfuocato, quei dipinti che lo circondavano, i disegni che si modificavano davanti al suo sguardo, altro non erano che la rappresentazione della sua vita interiore. Come se un fantomatico pittore di emozioni, tramutasse in pigmenti senza colore, le sue sensazioni più intime, quelle visioni che celava nel profondo dell'anima, impedendogli di uscire allo scoperto.

Istintivamente guardò la catena alla caviglia e si rese conto che quel guinzaglio, lo aveva messo lui stesso. Tentò di aprire il lucchetto ma fu inutile, nonostante fosse agganciato al nulla, quella catena, era tanto resistente quanto le sue convinzioni.

12

Giselle - Sala del tempo perduto

U n angolo si apre a una pallida luce, talmente impercettibile, che la costringe a stringere gli occhi, trasformandosi nel palcoscenico del divenire. Vede una culla, colma di vestiti, borse, scarpe firmate, smosse da qualcosa nascosto alla vista, poi il pianto di un neonato.

È una finestra del tempo, fugace connessione con un

futuro che attende solo, di esser plasmato dalle sue scelte, un crocevia tra il presente e il possibile.

Un forte e potente battito del suo cuore, la scuote come fosse un tuono.

Giselle percepisce l'essenza di quella visione: la figlia che sarà. Straziata di fronte all'ineluttabile verità, sa che non verrà mai alla luce, poiché la futura mamma, è intrappolata nel suo mondo fatto di oggetti di lusso, ignorando la ricchezza e la gioia di creare la vita. Un atroce destino per quell'anima che sente, dentro, la grandezza dell'amore che potrebbe ricevere dalla madre.

Ancora un tonfo al cuore!

Con la vista offuscata dalle lacrime, Giselle raggiunge la culla, scagliando, rabbiosamente dietro di sé, la montagna di oggetti che sommergono quel pianto, trasformando il pavimento in un campo di battaglia. Una mano, poi l'altra, afferra e lancia lontano quel carico di fugacità e, finalmente, due occhioni azzurri le appaiono.

Non c'è più il pianto, non ci sono più tenebre intorno; solo il respiro leggero di quella creatura che la guarda con occhi spalancati e sorride gorgogliando.

Teneramente, Giselle la solleva portandosela al petto.

Mentre i loro cuori, si cementano in un unico battito, un sorriso reciproco, trasforma quell'imprinting in una promessa.

13

Sala delle Ombre

Le pareti rivestite di pesante velluto bordeaux, una finestra enorme, anch'essa coperta da tende oscuranti, lasciava passare qualche coraggioso raggio di luce. Robert si ritrovò in una stanza scarsamente illuminata. Non c'era alcuna sedia o poltrona, nulla dove potersi sedere. "Che strano posto" pensò, nonostante di posti strani ne aveva visti, suo malgrado. Su una parete, spiccavano due enormi arazzi, raffiguranti guerrieri e cavalli impegnati in epiche battaglie del passato, mentre a terra, un grande tappeto di colore grigio e rosso fuoco, con un enorme cerchio nero al centro. Si avvicinò agli arazzi, osservandoli con attenzione. Dettagli talmente vividi e intensi, che quasi sentiva risuonare il fragore delle spade e il ruggito di quei guerrieri. Sul primo arazzo, un gruppo di combattenti difendeva una città assediata. Le spade lampeggiavano sotto il sole, l'acciaio si tingeva di rosso mentre, eroici soldati, sacrificavano tutto per proteggere la loro città. Nel secondo arazzo, la battaglia si spostava in una foresta, tessuta con una maestria straordinaria. Frecce che fendevano l'aria e cavalieri lanciati contro le linee nemiche, con una ferocia indomabile. I colori della seta che lo componeva, esaltavano la determinazione negli occhi di quei combattenti, il coraggio e la paura al tempo stesso. Erano storie di eroismo, di passione, qualità per lui ormai irraggiungibili, perché Robert, aveva rinunciato a lottare per recuperare la sua vita, per riabbracciare la famiglia, era distante da quel mondo, di onore e dignità. Socchiuse gli occhi di fronte a quelle immagini di fierezza; percepiva l'odore acre del sangue e del legno bruciato, sentiva il clangore delle spade che si incrociavano furiosamente, le urla della lotta. Gli sembrava di vedere nugoli di frecce, precipitare in cerca di vittime. Vide un giovane soldato ferito gravemente, che lottava furiosamente, nonostante il dolore, con la spada insanguinata stretta tra le mani, avanzava claudicante verso il nemico incitando i compagni.

Robert percepì la determinazione di quell'uomo, la volontà di non arrendersi. Saltò all'indietro spaventato, tanto fu realistica quella sensazione. Si diresse verso la parte opposta della stanza, voleva vedere oltre le tende che coprivano le finestre. I suoi passi calpestarono quel morbido tappeto grigio e rosso, che copriva gran parte di quella sala ma, come poggiò un piede sopra il cerchio nero tessuto al centro, fu trascinato verso il basso.

Cadde lungo un precipizio senza fine, avvolto dall'oscurità, sentiva l'effetto della velocità prendersi gioco del suo aspetto, sopra di lui, la luce si allontanava velocemente, trasformandosi in un puntino quasi invisibile, mentre il sibilo dell'aria, lo accompagnava nella caduta. Sprofondava lungo un tunnel di roccia scura, affilata come lame, non aveva più percezione dello spazio o del tempo, era disorientato mentre l'adrenalina gli faceva battere il cuore all'impazzata. Intravide il fondo avvicinarsi a una velocità incredibile, sembrava melmoso.

Perse i sensi.

14

Marco - Sala dei sogni latenti

Nulla è mai come sembra.

"Vi prego, aiutatemi" disse con un filo di voce al vento. Ancora una tela gli si parò davanti, bianca per un attimo, poi, lentamente, assunse un colore grigio.

Uno sfondo color cenere, senza sole, poi un ragazzo di spalle, inginocchiato davanti alla sagoma di una vettura. Si manifesta una torcia che ne illumina il volto solo per metà; ha un'espressione triste, mentre è intento ad armeggiare con vari attrezzi; poi nulla, l'artista invisibile si ferma, per un attimo il dipinto resta immobile.

Una lacrima scorre sul viso di Marco e, in quel preciso istante, la stessa goccia di disperazione, appare sul volto del ragazzo nel quadro.

D'improvviso riprendono le pennellate, furiose, incalzanti.

Un pennello occulto, lancia enormi gocce di vernice e tutte le tonalità prendono possesso, impetuosamente, di quella scena, donandole finalmente colore. Il rosso, il giallo il verde, danzano senza riserve, stravolgendo il grigiore precedente.

Un nuovo ritratto stava prendendo forma con veemenza, lasciando Marco, con gli occhi sgranati a osservarlo, senza riuscire quasi a respirare.

Li socchiuse e, in quel breve istante, la sua mente dipinse una nuova tavola. Questa volta il ragazzo era in piedi, con un bimbo in braccio, gli indicava l'orizzonte sussurrandogli qualcosa all'orecchio.

"I sogni sono pagine bianche che scriverai nella vita"

Questo gli diceva il padre, quando era piccolo. Ora ricordava!

Marco aveva ritrovato quel quaderno bianco, smarrito chissà quando. Le tele, intorno a lui, cominciarono a sbiadire, sciogliendo lentamente il grigio, che si perdeva nel vuoto sottostante.

15

Robert - Sala delle Ombre

Si risvegliò sul fondo di una barca di legno.
Davanti a lui, un gigante dall'aspetto orribile, un demone, che remava furiosamente in un fiume di fango bollente. Un odore terribile di zolfo gli ostruiva il respiro. Gli occhi sgranati dal terrore, sotto lo sguardo attento del demone, che portava la barca, passando indifferente sopra corpi di uomini immersi fino alle

spalle, impossibilitati a muoversi.

Robert venne gettato nella melma, in mezzo a quella marea umana. Si muoveva con fatica, voleva urlare ma non riuscì a emettere alcun suono.

Flegias, questo il nome del demone, riprese il suo traghettare attraverso il fiume di dannati, urtando, indifferente, chiunque capitasse davanti alla prua.

Dal cielo una fitta pioggia di fiamme, si abbatteva costante sugli sventurati. Robert riconobbe quel luogo, lo aveva studiato nella Divina Commedia.

"Cazzo!" Esclamò d'istinto, seppur nessun suono varcò la soglia della bocca.

Intorno a lui, corpi che si martoriavano tra loro con violenti attacchi, carichi d'ira e cattiveria. Ira che, lentamente, si stava impossessando anche di lui; percepiva il ribollire delle cellule, la rabbia che poco per volta si faceva strada in tutto il corpo.

Si girò verso destra, un uomo al suo fianco. Gli saltò al collo con furia, mordendolo alla gola, questi si ribellò, attaccandolo a sua volta, lottarono freneticamente, senza mai interrompere il combattimento. Nessuno ebbe la meglio, poiché fu una lotta infinita, non ci fu alcun vinto, nessun vincitore, solo accanimento l'uno sull'altro. Altri si unirono in quella battaglia nel fango, che ribolliva della loro bestialità, continuando senza sosta.

Lottava con tutte le sue forze; per sopravvivere doveva sconfiggere il nemico, quel maledetto che aveva invaso la sua mente, sabotando in lui ogni forma di ribellione, il demone al quale lui stesso aveva aperto la porta della sua anima, fino a

cederla.

"Mi hai avuto per troppo tempo!" Urlò "Hai distrutto me e chi mi stava accanto. Ma ora è finita!" La sua voce invase quel luogo al punto che, per un istante, la battaglia si fermò.

Il Robert remissivo, arrendevole, aveva finalmente lasciato il passo, all'uomo che non avrebbe abbandonato la lotta più importante della sua vita.

Un boato stordì, per un attimo, quelle anime dimenticate e Robert si risvegliò nella Sala delle Ombre.

Confuso, con la mente e la vista offuscate, si riprese dopo qualche minuto. Il suo sguardo, un tempo apatico, annullato, ora brillava, era diretto e determinato. Si alzò in piedi, sentiva una strana energia dentro, una fermezza che non provava da anni.

Si diresse verso la porta d'ingresso, con passi che avanzavano saldi sul pavimento, uscì da quella stanza.

Giselle

L a maniglia si abbassò delicatamente, quasi senza rumore, aprendo la porta quel tanto che bastava, a Miss Grey, per intrufolarsi.

Giselle, in piedi in un angolo, sorrideva allo sguardo della bambina che teneva tra le braccia. Con la coda alzata la raggiunse strusciandosi ripetutamente sulle gambe e, in quel momento, Giselle si risvegliò da uno stato di semi incoscienza.

Riconobbe la stanza dove era entrata, istintivamente abbassò lo sguardo, ma la piccola che teneva stretta era scomparsa. Si chinò per accarezzare Miss Grey, che sembrava decisamente gradire.

"Bentornata" disse Mr Smith, mostrando il volto attraverso la porta semiaperta. La ragazza gli rivolse un sorriso di quelli che trasmettono gioia autentica e contagiosa, un sorriso che le faceva brillare gli occhi di una luce che, troppo a lungo, aveva dimenticato, adesso riusciva a vedere la bellezza anche nelle piccole cose.

"Mi farebbe piacere bere del tè insieme, nella sala qui di fianco. Ti va?" Chiese Mr Smith.

A quelle parole Miss Grey guadagnò l'uscita, andando a occupare immediatamente il suo posto sul divano, mentre Giselle, guidata dal padrone di casa, si accomodava su uno dei posti laterali.

"Mi è successa una cosa molto strana" esordì catturando l'attenzione di Mr Smith.

Raccontò ciò che aveva vissuto nella "Sala del tempo perduto" mentre, nel frattempo, Miss Grey aveva lasciato la sua comoda posizione, accoccolandosi sulle gambe della ragazza.

Giselle manteneva un sorriso aperto, sentiva dentro un'energia nuova, vedeva la sua vita in un contesto diverso.

Provava una forte, intensa emozione, che non riusciva a trasformare in parole, legata all'immagine del sorriso di una bambina.

Si identificava in quella vita "Mio Dio, non so veramente come esprimermi, ha presente quella cosa che ti prende allo stomaco e..."

"Certo che conosco quella sensazione" rispose pacatamente Mr Smith, "è la stessa che provo io, quando sento i racconti delle persone che, come te, decidono di dedicare un po'del loro tempo in questa biblioteca."

Giselle ascoltava soddisfatta, ricordava perfettamente che era stato Mr Smith a convincerla, in qualche modo, a restare.

"Vedi Giselle, il libro che hai trovato, ha un potere... mi viene da dire magico, se mi permetti.

Ti aiuta a vedere il tuo potenziale, quello che di bello, forte, potente è dentro di te e che chiede da tempo, di essere liberato, affinché possa regalarti una vita che degna di avere quel nome."

"Beh ha ragione, anzi" rispose Giselle, "vorrei ringraziarla per…"

"Devi ringraziate solo te stessa, non me e nemmeno Miss Grey.

Sei tu che hai aperto il libro, hai vissuto una esperienza, sei sempre te, che ne hai assorbito l'essenza più pura." Rispose Mr Smith.

"Ora potrai tornare nella strada che stavi percorrendo e saprai, certamente, quando sarà il momento di svoltare verso una nuova direzione."

Finita la frase si alzò allungando le braccia, Giselle lo strinse forte, lasciando libere due lacrime che avrebbero scolpito il suo nome in quel luogo.

Poco dopo, era seduta nella fontana di fronte la biblioteca. Non vedeva alcun ingresso intorno, tutto era come prima che vi entrasse.

"Cazzo devo raggiungere gli altri, altrimenti scoppierà un casino a quest'ora!" Guardò l'orologio, le nove e un quarto della sera.

75

- 17 -
Marco

Si svegliò con un urlo, scalciando come a volersi liberare della catena. Un libro che teneva sulle gambe cadde rovinosamente sul pavimento. Qualche minuto dopo, si rese conto di esser seduto davanti a una scrivania, ricordava quella sala dove era entrato chissà quanto tempo prima, ma si sentiva comunque tranquillo.

Si avviò verso la porta ma questa, si aprì con delicatezza: "Posso entrare?" Chiese la voce di Mr Smith, socchiudendo l'uscio.

Marco gli aprì la porta con un sorriso raggiante, la schiena dritta, gli occhi luminosi, gli tese la mano, "devo ringraziarla" disse "se non avesse insistito nel farmi restare, probabilmente non avrei mai trovato il mio quaderno" concluse felice.

"Vogliamo prendere un tè?" Chiese Mr Smith in tutta risposta, avviandosi verso la sala del divano.

Appena entrato Marco si guardò intorno affascinato da quell'ambiente, così scarno di arredi eppure così caldo. Miss Grey, dal centro del sofà lo guardava, riempiendo il silenzio con le sue fusa. Appena la vide, Marco la raggiunse sistemandosi sul divano, mentre lei gli salì sulle ginocchia.

"Non ti soffia più ora" disse Mr Smith, versando il tè "ora Miss Grey, sa che sei riuscito a riaprire quella porta che avevi chiuso. Non importa per quale motivo, la cosa importante, è che tu lo abbia fatto."

Marco raccontò quell'esperienza, quanto era stata assurda, forte.

Il profondo turbamento, il senso di delusione e la rabbia, nel comprendere che il responsabile di tutto era lui stesso. Descrisse la meravigliosa sensazione quando, improvvisamente, nella mente fece capolino la visione di suo padre che lo teneva in braccio, indicandogli che il mondo che aveva davanti era lì, in attesa che lui scolpisse i propri desideri.

"Ho una vita davanti e la stavo condannando alla limitatezza" disse alzandosi e porgendo la mano nuovamente a Mr Smith per ringraziarlo.

Da parte sua, il padrone di casa lo abbracciò come fosse un figlio, sussurrandogli all'orecchio "ricorda, porta sempre con te una penna carica, per scrivere su quel quaderno bianco. Ora sei pronto, puoi andare felice."

Lo accompagnò all'uscita chiudendo, silenziosamente, la porta dietro di lui.

Marco riconobbe quella piazzetta, con la fontana al centro.

Rimase qualche istante ad assaporare l'aria del mattino "Cavolo! L'officina, il capo sarà incazzato nero!"

Guardò l'ora, erano le nove e quaranta.

Robert

Trovò ad attenderlo Mr Smith. "Salve Robert, ti vedo finalmente diverso. Che ne dici di un tè?"

Si accomodarono nella sala del divano, quella stanza che Robert aveva già conosciuto, dove era riuscito, finalmente, ad aprirsi. Bevendo il tè raccontò le visioni, terribili e dolorose, che aveva vissuto. Talmente travolgenti e potenti, da trasformarlo nel profondo. Descrisse soldati coraggiosi, uomini e donne, che si battevano in una guerra epica per essere liberi, senza arrendersi, andando oltre il dolore e la sofferenza.

Mentre esponeva quella esperienza, i suoi occhi assunsero il medesimo fuoco che nutriva la determinazione di quegli eroi. Vide guerrieri cadere, alcuni morire, altri rimanere feriti, senza mai darsi per vinti.

In quegli arazzi ritrovò la sua determinazione. La perseveranza di quei combattenti fu, per lui, un messaggio chiaro: mai rinunciare a combattere per la libertà. Si rese conto che doveva lottare per liberarsi da quell'invasore, che gli aveva tolto tutto, per la sua famiglia e per quella meravigliosa vita, che aveva perso di vista.

Mr Smith lo ascoltò in rispettoso silenzio, annuendo e, talvolta, sorridendo.

"Sono felice che tu abbia ripreso coscienza di te" gli disse al termine del racconto, poi aggiunse "Ora puoi tornare alla tua vita sapendo che l'eroe in questa battaglia, sei proprio tu e nulla potrà toglierti quel fuoco che vedo nei tuoi occhi."

Si salutarono con un abbraccio affettuoso mentre Miss Grey, gli saltò sul petto, costringendolo a prenderla al volo.

Robert lasciò la biblioteca ritrovandosi nella piazzetta, con la fontana al centro. Guardò il cielo, finalmente era lui, sentiva di essere tornato. Strinse gli occhi e i pugni, promettendo a sé stesso di riavere di nuovo la sua vita.

L'orologio sulla parete del palazzo batté la mezz'ora, erano le cinque e trenta.

-19-
Linda

E ra circa mezzogiorno, quando Linda uscì dall'ospedale Sant'Eugenio, a Roma Eur.
Un malore improvviso l'aveva colta in casa, mentre era intenta a preparare la cena per il nipotino.

Settantacinque anni ben portati, perfettamente autosufficiente, Linda aveva due passioni, i fiori e Luca, suo nipote di 3 anni.

Fortunatamente, in quel momento, sua figlia Rossella era con lei, e poté chiamare i soccorsi.

La notte, passata sotto controllo, era stata tranquilla, aveva dormito senza alcuna interruzione.

Ora, intorno alle dodici, lasciava l'ospedale per tornare a casa.

Con lo sguardo un po' spaesato cercò, inutilmente, un taxi.

Non c'era nessuno a prenderla ma, del resto, lei stessa non aveva avvisato, circa la sua uscita.

Niente, nessun taxi in giro "Sempre così quando ti servono" pensò, mentre si incamminava, con passo lento ma leggero, verso la sua abitazione, non molto distante.

"Certo che potevano portarmi direttamente in un'altra città" continuava sarcastica nei suoi pensieri.

Attraversò poche vie del suo quartiere, fermandosi, talvolta, davanti a qualche vetrina in Viale Europa.

Girò per una via laterale, prossima alla sua casa e si bloccò.

Non la riconosceva.

Si guardò in giro un po' spaesata, intimorita che si trattasse di conseguenze tardive, connesse al collasso del giorno prima.

In piedi in una piccola piazza, di quelle tipiche dei centri storici delle grandi città, intorno antichi palazzi sembrava la osservassero, al centro una fontana in marmo.

Sedette un momento sul bordo, doveva riprender fiato, riordinare le idee.

Era certa che stesse andando verso casa, riconosceva le strade, i negozi davanti ai quali si era fermata, ma quella piazza, non l'aveva mai vista.

Eppure, viveva nel quartiere dell'Eur, praticamente da sempre.

C'era un unico negozio aperto, una libreria da quanto poteva immaginare osservando la vetrina, nonostante non ci fosse alcuna insegna.

Ammirò incuriosita la porta d'ingresso, a due ante, in legno, che raffigurava un grande libro aperto.

Magari poteva entrare per chiedere informazioni o al limite, farsi chiamare un taxi.

Varcò la soglia trovandosi immersa nel profumo profondo dei libri, di quelli antichi, forse di pergamena, una fragranza di saggezza e serenità, direbbe qualcuno.

Uno splendido gatto bianco, a pelo lungo l'accolse.

Seduto di fronte a lei, la osservò regalandole fusa a distanza, fino a che si mosse, strusciandosi sulla caviglia.

"Ma quanto sei bello" disse Linda, abbassandosi leggermente per accarezzarlo.

"Bella" esclamò una voce lungo il corridoio, "le presento Miss Grey", continuò.

La poca luce non le permise di mettere immediatamente a fuoco quel luogo.

"Benvenuta, sono Mr Smith, come posso aiutarla", disse il titolare della libreria che, nel frattempo, l'aveva raggiunta." Spero di non averla turbata parlandole dal corridoio" sorrise con un leggero inchino.

"Salve, mi chiamo Teodolinda, ma va bene anche Linda. Stia tranquillo, non mi ha spaventata. Ho solo bisogno di un'informazione, per favore."

Mr Smith annuì con un sorriso tenero, placido, che le trasmise un senso di tranquillità, "mi consideri a sua disposizione."

Linda accennò brevemente di quella mattina, dove era arrivata nella piazza che non riconosceva, chiedendo la cortesia di chiamare un taxi.

"Certamente Linda" rispose Mr Smith, "ma la prego, accomodiamoci per un tè, in attesa che arrivi il taxi, qui in zona non se ne trovano facilmente quindi, temo, ci vorrà un po' di tempo"

Mr Smith le fece strada, parlandole della libreria e delle varie sale che si intravedevano lungo il corridoio.

Miss Grey, che camminava al loro fianco con la coda alzata, allungò il passo, superando tutte le sale lungo il corridoio. Saltò anche l'ingresso alla Stanza dei divani, continuando il suo trotterellare, fino a fermarsi davanti la porta della Serra.

"Perbacco" esclamò Mr Smith prendendo delicatamente la mano di Linda, "vedo che Miss Grey desidera che le mostri la nostra serra, quella che noi chiamiamo la Stanza dei profumi. Spero le faccia piacere. Abbiamo dei fiori meravigliosi"

Linda annuì, vista la sua passione per i fiori.

Miss Grey li attendeva seduta, davanti l'ingresso.

Appena entrata Linda fu avvolta da un abbraccio profumato. L'ambiente era impregnato di una miscela di fragranze perfettamente armonizzate, quasi a creare un bouquet olfattivo, mentre lo sguardo, si perdeva tra i colori vivaci che celebravano ogni angolo di quella sala.

Era senza parole, si sentiva bene, quasi esaltata dalla gioia che provava.

Miss Grey le si avvicinò strusciandole il muso sulle gambe ripetutamente.

"Vogliamo accomodarci" disse Mr Smith, indicando, con un gesto elegante, due poltrone in un angolo, toccate dai raggi del sole.

Il tavolino da salotto ospitava un vassoio con due tazze e una teiera fumante.

Quel luogo, donava una grande serenità a Linda, e i due iniziarono a conversare.

"Vedo che le piacciono i fiori" esordì Mr Smith, accomodandosi sulla poltrona di fronte.

"Oh li adoro, ho due passioni nella mia vita, coccolare mio nipotino Luca e i fiori. Donano gioia con il loro colori, serenità con il loro profumo" rispose dopo aver assaporato il tè.

La conversazione fu molto cordiale, come se si conoscessero da tempo. Linda racconto dei suoi numerosi viaggi e dei paesi che aveva visitato, parlò del nipotino, che adorava, del momento in cui si era sentita male.

"Grazie al Cielo, mia figlia Rossella era venuta a trovarmi, e mi ha soccorso"

"Oh mi dispiace" rispose Mr Smith, "certo, meno male che non era sola. Posso immaginare lo spavento"

Linda si disse molto preoccupata per il nipotino che, in quel momento, era con lei nella cucina e stava disegnando. "Ha visto tutto, che perdevo i sensi e sicuramente anche la concitazione di mia figlia, povero bambino"

Mr Smith la ascoltava partecipando con un'espressione di tristezza. "In effetti, povero bimbo, ma non si senta in colpa, a quell'età i bambini hanno una capacità di resilienza molto forte"

"Non vedo l'ora" riprese Linda, "di poterlo riabbracciare, per fargli vedere che la nonna sta bene ed è a casa con lui."

La conversazione venne interrotta dal miagolio di Miss Grey, che proveniva dal corridoio.

"Credo che Miss Grey, desideri la nostra presenza" si permise Mr Smith, "non lo dica in giro, ma la vera padrona di casa è lei" concluse strizzando un occhio.

Lasciarono la serra per raggiungere Miss Grey, che continuava a chiamarli.

Seduta davanti a una porta chiusa, come li vide si alzò iniziando a grattare sul legno di quell'ingresso.

"Oh, vede Linda" disse Mr Smith mentre si avvicinavano alla gatta, "Miss Grey mi sta dicendo che devo mostrarle quella stanza.

Per qualche motivo, è convinta che lì dentro troverà qualcosa che le sarà utile. Le dispiace?"

20

Sala dei Passi Sospesi

Mr Smith aprì la porta della stanza: "Questa, la chiamiamo la Sala dei passi sospesi, è dedicata a coloro che si trovano in un limbo, Miss Grey è sicura che al suo interno, troverà ciò che le permetterà di proseguire.

Benché Linda non riuscisse a comprendere a cosa si riferisse, accettò più per curiosità, di visitare quella sala.

Entrò in un ambiente in penombra.

Sembrava spoglio, senza arredi o quadri alle pareti. Un filo di luce penetrava da una piccola finestra, sul lato opposto all'ingresso.

Rimase qualche secondo basita, prima di girarsi verso Mr Smith che, delicatamente, richiudeva la porta.

Inaspettatamente, Linda si sentì come in un abbraccio forte, caldo, mentre l'aria si riempiva del profumo inebriante di fiori freschi.

Poco alla volta la luce si impossessò del tutto, rivelando ciò che la penombra celava allo sguardo.

Linda riconobbe il salone di casa sua, i suoi quadri, quel profumo che impregnava l'aria di freschezza.

Non capiva, ma non ebbe il tempo di farsi domande.

Dal divano di fronte una cantilena, una filastrocca, che ben conosceva catturò la sua attenzione.

Il suo adorato nipotino, circondato da giocattoli, canticchiava mentre muoveva un piccolo trattore, lungo i cuscini del divano.

"Nonna!" farfugliò appena la vide. Con fatica scese dal sofà e la raggiunse, stringendola in un abbraccio.

Linda lo strinse forte, sentì il profumo del bagnetto appena fatto, gli accarezzò i capelli morbidi.

Era emozionata e felice nel vedere che il bambino, sembrava non avesse subito il trauma di quanto le era accaduto il giorno prima.

Quel pensiero la riportò alla realtà.

Come poteva esser nel suo salone, se era entrata in una stanza della libreria. Stava sognando forse? E Mr Smith?

Era reale, o anche lui faceva parte di un sogno.

Le sue riflessioni furono interrotte dal nipotino, che la strattonava per portarla sul divano.

Linda lo seguì, raggiante nel poterlo riabbracciare, ma anche per aver coronato il suo primo pensiero, appena era uscita dall'ospedale.

L'emozione la travolse rigandole il viso con una lacrima, provava gioia, unita a un'esperienza di pace.

Linda era in completa armonia col tutto, non percepiva più rancore o pena, sapeva, Linda, che doveva proseguire il suo cammino verso l'arcobaleno.

Si girò, ancora uno sguardo al suo piccolo Luca, gli donò il suo cuore.

Teodolinda si sentiva, per la prima volta... leggera.

21

Roma - Ospedale Sant'Eugenio

"Libera!"

Gli infermieri, intorno al letto, fecero un passo indietro mostrando alte le mani.

Una scarica di trecento sessanta Joule attraversò il corpo provocandone un sussulto.

Nulla da fare, anche alla capacità massima.

Il medico si tolse i guanti, guardò i suoi collaboratori e poi scrutò l'orologio sulla parete.

"Ora della morte, le dodici e quindici. Mi dispiace." Si allontanò.

Nella sala d'attesa Rossella, con in braccio il suo bambino, cercava di restare tranquilla distraendo il piccolo.

Vide aprirsi la porta delle emergenze e poco dopo la figura del medico che aveva preso in carico sua mamma.

L'ambiente era illuminato da luci fredde che, in quel momento, le sembrarono cedere alle tenebre.

Rossella incontrò lo sguardo del giovane in camice bianco, fermo, in piedi, con gli occhi tristi. Non scambiarono alcuna parola, non esiste frase che possa attenuare quel dolore, non c'era bisogno di parlare.

Epilogo

Tutti gli ospiti, avevano lasciato la libreria.

Nel momento in cui l'ultimo varcò la soglia di quel magico luogo, libri, tomi e pergamene cominciarono a risplendere, avvolgendo ogni angolo intorno a loro.

Le pagine iniziarono a sfogliarsi mentre, le parole, crearono nuove frasi libere nell'aria, ricomponendosi, poco dopo, in vista di nuovi arrivi.

Piante e alberi si impossessarono gradualmente degli ambienti della Biblioteca, mimetizzandola fino a diventare trasparenti.

Il soffitto si dissolse, rivelando il cielo.

L'intero spazio diventò una sorta di dimensione intermedia, senza alcun confine fisico.

Chiusa la porta, Mr Smith si guardò in giro, ammirando quel luogo che tanto riusciva a fare, per coloro che avevano il coraggio di cercare.

Si meritava una buona tazza di tè e, quale posto migliore, se non la sala del divano. Un veloce sguardo agli scaffali, che nel frattempo si stavano riordinando, poi si diresse verso il suo meritato riposo, accomodandosi nella seduta laterale, di fianco a Miss Grey.

"Abbiamo fatto un buon lavoro anche oggi" disse Mr Smith, mantenendo lo sguardo davanti a sé

"Direi di sì" rispose Miss Grey, "ogni nostro ospite, ha trovato ciò che cercava senza saperlo. È stato un successo."

"Bentornata" disse Mr Smith, girandosi verso Miss Grey, come sempre al centro del divano.

La splendida gatta sorniona, che viveva accoccolata sul cuscino centrale del sofà, era tornata a essere una figura di straordinaria bellezza, mantenendo un'eleganza felina.

Lunghi capelli neri, scintillanti come l'ossidiana, scendevano al di sotto delle spalle, creando una cornice naturale al viso.

I lineamenti, delicati e marmorei, le conferivano un'aria di misteriosa nobiltà.

Sembrava avesse attraversato i secoli mantenendo intatta la sua bellezza senza tempo.

Un sorriso, leggermente arcuato, adornava le sue labbra, catturando l'attenzione di chiunque lo incrociasse. Gli occhi, grandi e profondi, di un verde raro, iridescente, con una profondità che andava oltre le parole.

Il suo portamento era un tributo alla grazia, tipica dei gatti.

Sorseggiarono il loro tè soddisfatti, "è incredibile come questo luogo, possa aiutare le persone a trovare la chiave per sbloccare la loro anima. È sempre affascinante, non smetto mai di sorprendermi" disse Mr Smith.

"E' proprio questa la sua forza. La nostra meraviglia è la sua fonte d'ispirazione. Ci sono così tante persone a cui serve semplicemente un piccolo aiuto, per capire quanto, la loro vita, possa essere inebriante. Le loro storie, le esperienze, le domande senza risposta, sono il seme che nutre o meglio, che scrive questi libri.

Noi li guidiamo nello spazio che li attende e, quando entrano in una stanza, finalmente riescono a guardarsi dentro per trovare quelle qualità che tengono sopite."
Rispose Miss Grey

Improvvisamente, la biblioteca cominciò a sussultare.

Ogni stanza, l'ingresso, i corridoi, iniziarono a mutare creando un nuovo ambiente, un giardino d'inverno.

I libri presero a svolazzare sfiorandosi veloci, diretti in chissà quale scaffale o stanza.

Seduti sul divano, Mr Smith e Miss Grey si scambiarono uno sguardo d'intesa.

"Credo che la biblioteca abbia trovato un nuovo cliente a cui manifestarsi" disse pacatamente Mr Smith.

"Hai ragione, deve esser qualcuno di particolare, considerando il modo in cui si sta rivoluzionando l'ambiente" rispose Miss Grey.

Così come era iniziato, tutto si fermò.

"E' ora di andare" disse Mr Smith, "a più tardi mia cara."

Miss Grey rispose con un miagolio misto a fusa, riprendendo la sua posizione dormiente al centro del divano.

Esiste, nel cuore di Roma,

un luogo che non puoi trovare

poiché sarà lui

a trovare te!

Indice